EMILE FASSIN.

Nouvelles Arlésiennes.

DANS

LA

SAULAIE

ARLES

IMPRIMERIE DUMAS ET DAYRE, RUE DES CARMES

1866.

A M. Frédéric BILLOT, avocat.

DANS

LA

SAULAIE.

I.

Connaissez-vous les bords du Rhône et leur majestueuse poésie? Avez-vous parcouru ses plages sablonneuses, ses oseraies au bord de l'eau? Avez-vous vu Bariol, le site enchanteur dont la ville d'Arles s'honore? Etes-vous venu parfois rêver sous ses grands arbres, quand la brise printanière mêle sa voix aérienne au clapotement des flots?

Si vous aimez la solitude, les retraites obscures au fond des bois, le gazon toujours vert émaillé de marguerites, la majesté des grands arbres et l'air embaumé des champs, portez vos pas sur les bords du Rhône, suivez-moi jusqu'à Bariol.

Nous irons respirer ensemble les âcres senteurs des osiers, les suaves essences de l'aubépine, le parfum des algues marines apporté par le vent du soir, et la fraîche brise du Rhône imprégnée des émanations salines de la mer.

Nous dormirons sous les grands arbres, à l'abri des aulnes ou des cyprès; ou bien, nous abandonnant au cours de nos rêveries, nous écouterons en silence les gémissements du vent dans les hautes branches, les plaintes du flot sur la plage qu'il semble caresser, la

chanson du rossignol qui vient poser son nid
construit d'une paille légère, dans la verdure touffue des aubépines, ou le murmure
du ruisseau coulant mollement dans son lit
mousseux.

Nous irons, si vous l'aimez mieux, nous en-
foncer dans la saulaie, reposer au pied des
osiers, entendre siffler la bise à travers les rameaux flexibles et voir le vent incliner sur nos
têtes, comme un berceau de verdure ou un
dôme chargé de fleurs, les cimes pliantes des
amarines.

Nous verrons la vague plaintive expirer doucement à nos pieds et déposer grain à grain sur
la plage, ce sable fécond, ce limon fertile
qu'apportent les eaux du Rhône. Nous admi-
rerons ensemble ce travail lent et constant du
fleuve ; nous mesurerons du regard cette im-
mense nappe d'eau se déroulant à nos yeux ;
peut-être aurons-nous le bonheur d'entrevoir
à l'horizon une blanche voile...

N'aimez-vous point, comme moi, suivre de
l'œil à travers la brume de soir, la marche in-
certaine des navires ? Le vent fraîchit, toutes
voiles sont dehors. Les derniers rayons
du soleil argentent la cime des vagues ; le
sillage du navire se révèle à nos yeux par ses
mille reflets et ses teintes plus nuancées. En-
flée par la brise embaumée, la voilure déploie
ses blanches ailes ; le vaisseau glisse sur les
flots. Déjà nous n'entendons plus le bouillon-
nement des eaux, le balancement du navire, le
chant cadencé des matelots s'aidant de la voix
à la manœuvre. Puis, peu à peu, la voile disparaît et nous cherchons vainement de l'œil la
silhouette blanchâtre qui va se confondre et se
perdre dans les tons incertains de l'horizon.

Mais j'aime aussi, le soir, porter vers Bariol

mes pas solitaires. Perdue au milieu des arbres
au fond du ravin, la poétique demeure disparaît sous un dôme de verdure. Une fumée légère, s'élevant du creux du vallon, m'indique
seule ses abords. J'entends aboyer le chien de
garde. Je sonde déjà de l'œil la mystérieuse
obscurité des massifs, je m'assieds en silence
au pied des aulnes, je savoure à pleins poumons l'air frais du Rhône et de la nuit.

Loin des bruits de la ville, je goûte avec volupté ce calme de la nature, ces douceurs de la
solitude, cette sérénité du ciel et du climat. Je
me complais dans ce calme profond, cette
tranquillité que rien ne trouble, cette paix de
l'esprit et du cœur que peut seul apporter le
silence de la nuit.

Je n'entends plus autour de moi que le murmure des vagues et la plainte mélancolique du
hibou, caché dans son nid obscur, sous des
touffes de lierre. La lune argente la haute cime
des aulnes et des cyprès et me lance timidement quelques rayons douteux. Son jour bleuâtre et velouté, tamisé pour ainsi dire par le
feuillage, vient diaprer à mes pieds la verte
pelouse.

La majesté de la nuit, l'obscurité, le silence,
tout m'émeut, tout m'impressionne. Il me semble que mon âme, subitement dégagée de ses
liens terrestres, s'exalte et s'épure dans ces exquises sensations. Mon cœur se vivifie, mes
sens se perfectionnent, ma nature entière se
retrempe sous leur bienfaisante influence.

Bariol! ce nom seul remplit mon âme d'une
délicieuse mélancolie! Il résonne toujours à
mon oreille comme l'écho du passé, comme le
souvenir de mon heureuse enfance, comme le
rêve de mes vingt ans.

Plusieurs générations sont venues comme

nous méditer sous ses ombrages. Elles ont fait
de ses bosquets les témoins de leurs rêveries,
les confidents de leurs amours. Sur l'écorce
de ces vieux aulnes, on peut lire encore avec
intérêt des chiffres entrelacés, des initiales
gravées, ou même des noms entiers qu'une
main indiscrète n'a pas craint de leur confier.
Les arbres ont conservé ces poétiques meur-
trissures ; le printemps qui revient chaque an-
née revêtir la nature entière d'une nouvelle
parure, a respecté ces inscriptions, et les aulnes ont grandi en élevant et portant vers le
Ciel ces touchants symboles.

La nature est partout la même ; elle en-
chaîne ses créatures par les liens intimes d'une
mystérieuse solidarité, et ce lien est l'a-
mour.

Des aventures pathétiques, des récits pleins
de sentiment et de vérité, se rattachent à ces
inscriptions. Un nom que j'ai pu lire encore
sur l'écorce d'un de ces arbres, m'a remis en
souvenir une vieille histoire qui, bien des fois,
m'a laissé pensif et rêveur.

II.

C'était un jour de dimanche. La tiède ha-
leine du printemps égayait partout la campa-
gne ; les arbres se couvraient de fleurs, les
pâquerettes émaillaient les prés, les blés verts
ondoyaient au souffle de la brise. Les oiseaux
gazouillaient sur toutes les branches ; le grillon
caché sous l'herbe, poursuivait sa chanson
plaintive et monotone, tandis que la cloche
lointaine appelait au temple l'homme des
champs.

Un homme était assis au bord de l'eau dans l'oseraie de Bariol. Il contemplait, dans une douce extase, ces beautés naturelles que le printemps prodigue à nos campagnes. Les pieux frémissements de l'airain, qui se mêlaient aux voix mystérieuses de la nature, aux bourdonnements des insectes, aux gémissements du vent, au murmure des eaux, semblaient le bercer dans une délicieuse rêverie.

A quoi pouvait-il songer? Il n'était plus à cet âge où le cœur se repaît encore d'illusions, où l'esprit se laisse aller aux rêves dorés de la jeunesse.

C'était un homme d'un âge mûr, presque un vieillard.

Il retraçait sans doute dans sa pensée des images regrettées, des souvenirs à la fois tristes et doux; car son front se rembrunissait, et parfois une larme furtive venait perler sous sa paupière. Quelle est l'âme si vide, si abattue, qui en regardant en arrière dans le chemin de l'existence, ne trouve çà et là, parsemées sur sa route, quelques fleurs oubliées, dédaignées peut-être, dont les suaves parfums embaument maintenant tous ces souvenirs? L'on a effeuillé en passant ces marguerites et ces paquerettes, puis on les a rejetées derrière soi, parce que le cœur satisfait bientôt se lasse et se dégoûte, même des parfums et des fleurs.

Plus tard, quand les glaces de l'âge ont calmé la fièvre de la jeunesse, l'imagination moins ardente, moins avide de l'inconnu, mais plus lente et plus timide dans ses conceptions, revient avec regret sur le passé, fait un retour sur elle-même. Elle comprend alors le parfum de ces fleurs qu'elle a profanées et qu'elle recueillerait maintenant avec délices, la suavité de ces joies qu'elle a délaissées et qu'il ne lui est pas permis d'espérer encore. L'horizon intellectuel s'assombrit, le vide se fait dans l'âme, le cœur devient froid et muet; le remords seul ose élever la voix que n'étouffe plus maintenant l'effervescence des passions.

Telle était la situation morale de notre inconnu, quand un chant doux et monotone, partant du milieu de la saulaie, vint le distraire de ses réflexions.

C'était une voix de jeune fille, pure et suave comme la brise qui emportait ses modulations. Elle se déployait dans une mélopée lente et plaintive, dont le ton mineur vous allait à l'âme. Quelques phrases détachées que notre inconnu put saisir lui firent reconnaître une vieille complainte qui, autrefois, avait bercé son enfance.

Il écouta, la bouche béante, cet air triste et mélancolique; il paraissait doucement ému; puis, quand la voix se tut et que les dernières notes se perdirent dans le murmure du vent, il se leva tout pensif et pénétra dans la saulaie.

Il vit une jeune fille occupée à tresser une corbeille; une chèvre, retenue par une attache légère, broutait à ses côtés les jeunes bourgeons des saules. La jeune fille paraissait avoir quinze ans; elle appartenait à cet âge qui relie l'enfance à la jeunesse, cet âge aux poétiques rêveries, où la nature commence à se révéler, où la jeune fille se devine et comprend comme d'instinct les mystères de l'adolescence et du cœur.

Elle paraissait un peu grande et un peu brune, sans que pourtant la richesse de sa taille nuisît à l'élégance de ses contours, ou que son teint un peu vif altérât le tendre incar-

nat de son visage. Des vêtements de couleur
sombre, qui laissaient deviner un deuil ré-
cent, rehaussaient admirablement la pureté de
ses formes et le riche éclat de son teint. C'é-
tait une de ces beautés méridionales, douces
et sereines comme le ciel de nos climats.

Elle avait des cheveux noirs, coquettement
ramenés sous sa coiffure arlésienne, de grands
yeux qui semblaient noyés dans un fluide
azuré. Deux sourcils largement arqués dessi-
naient son front calme et pur; son nez fin
et délicat et sa bouche gracieuse réflé-
taient la mansuétude et la douceur. Une petite
boucle de cheveux qui sans cesse fuyait au
vent et errait capricieusement au sommet de
son front, ajoutait à son visage je ne sais quoi
de mutin et de songeur.

L'inconnu s'arrêta tout ébahi. Non moins
surprise que lui, la jeune fille laissa échapper un léger cri d'effroi en voyant paraître à
travers les saules le visage d'un étranger. Elle
se leva précipitamment et voulut entraîner
sa chèvre avec elle.

L'inconnu la retint par quelques douces pa-
roles.

— N'ayez point peur, mon enfant, lui dit-il.
Je n'ai pas l'intention de vous effrayer. Je
voulais connaître seulement d'où venait cette
voix si douce et si sympathique.

La jeune fille rougit et baissa les yeux. Son
embarras était visible, elle voulait partir, mais
la chèvre indocile s'obstinait après ses bourgeons.

— Vous paraissez émue, mon enfant, pour-
suivit l'étranger. Serais-je, sans le vouloir, la
cause de ce trouble? Vous aurais-je offensée?

— Oh! non, monsieur, répondit la jeune
fille d'une voix timide.

La glace était rompue. L'étranger continua :

— Votre voix douce et touchante m'a ému ; cet air que vous chantez si bien m'a rappelé des souvenirs de jeunesse.

— C'est une vieille romance que ma mère m'avait apprise ; elle me revient à l'esprit chaque fois que je songe à ma mère.

— C'est très-bien, mon enfant ; la religion du souvenir sied bien à votre âge. Votre mère est donc....

L'inconnu n'osa achever sa pensée.

— Elle est morte, monsieur, dit la jeune fille avec un soupir, et mon père ne lui a pas survécu longtemps.

— Alors vous êtes seule au monde ?

— Oh ! non, monsieur, je demeure avec mon grand père, Simon Julian, qui habite là-bas, plus loin, sous les grands arbres.

L'étranger attacha sur la jeune fille des regards où se révélait plus que la curiosité, et lui demanda avec intérêt :

— Votre grand'père s'appelle Simon Julian ? Simon avait une fille, je crois ?

— C'était ma mère.

— Et votre mère est morte, s'écria l'inconnu, profondément troublé. Elle est morte ! Et il y a longtemps ?

— Deux années.

L'étranger essuya une larme qui perlait à sa paupière et étouffa avec peine quelques sanglots.

La jeune fille s'en aperçut, le regarda à son tour avec étonnement, cherchant à s'expliquer cette subite tristesse et hasarda timidement une question.

— Vous avez connu ma mère ?

— Oui... je l'ai connue... car je suis Arlésien comme vous. Je l'ai connue dans sa

jeunesse. Elle était belle alors, de cet éclat
qui séduit, qui éblouit, qui enivre.... L'absence ne guérit pas... je veux dire n'éteint
pas tous les souvenirs.... Vous avez son regard, sa candeur, son sourire. Elle était plus
grande que vous, plus mince et plus pâle,
mais elle avait le même front, les mêmes
yeux, la même petite bouche... Mais voilà
que je pleure... Adieu!... Adieu!... Ne di-
tes point à votre père. je veux dire au vieux
Simon, que vous m'avez vu, que vous m'avez
parlé... Mais promettez-moi de revenir, pro-
mettez-le moi. Demain.... je vous retrouve-
rai à cette même place... J'ai besoin de vous
revoir... Il me semblera, en vous regardant,
que je la vois encore.... Oh! mais non, mon
cœur se brise... Adieu!

Et l'inconnu disparut à travers les saules.

La jeune fille se creusa vainement l'esprit
pour deviner ce qu'était cet homme. Elle ren-
tra chez elle toute pensive. Le vieux Simon
s'aperçut de son trouble; il voulut la ques-
tionner; mais, fidèle aux recommandations
qu'elle avait reçues, elle se tut sur son aven-
ture. Elle délibéra toute la nuit si elle re-
tournerait à l'oseraie le lendemain.

III.

L'inconnu avait repris le chemin de la ville.
Il marchait rapidement sans prêter aucune at-
tention aux objets qui l'entouraient. On eût
dit qu'il était poussé par un violent délire.

C'était, on se le rappelle, un jour de dimanche. Le soleil baissait à l'horizon. Les dernières vibrations de l'airain qui appelle les fidèles

à la prière, allaient se perdre dans les airs en mélodieuses ondulations, terminant l'office divin par leur pieux murmure.

La foule évacuait la nef de l'église gothique. Les jeunes filles, folles et rieuses, se dirigeaient par petites bandes vers les promenades ombreuses qui avoisinent la Durance, où les attendaient peut-être d'agréables émotions. C'était le premier soleil du printemps; les fraîches toilettes s'étalaient à la fraîche brise et semblaient s'harmoniser, par leurs vives couleurs, à la beauté de la nature, rajeunie et parée par les premiers feu du renouveau.

Notre héros traversa presque sans les voir ces essaims de jeunes filles; il courait comme un insensé à travers la foule. Une fièvre ardente le consumait.

Il atteignit ainsi cette rue sombre et tortueuse que son voisinage de l'église a fait nommer la rue des Prêtres. A l'époque où remonte notre histoire — il y a quelques vingt années — cette rue conservait encore une physionomie pittoresque que des embellissements successifs lui ont enlevée. Etroitement encaissée dans ses hautes murailles, bordée de chaque côté par des constructions plus que séculaires, elle attristait le regard par son aspect morne et désert. A son extrémité, près du théâtre antique, s'élevaient quelques vieilles maisons, noires et délabrées, qui sont tombées depuis sous le pic des démolisseurs. L'une d'elles saisissait l'œil au premier abord par son architecture sévère et surannée, ses vieux murs lézardés où croissait la mousse et ses fenêtres constamment fermées, protégées au dehors par d'épais treillis de fer maillés en losange.

C'est là que vint s'arrêter notre inconnu. Il

entr'ouvrit brusquement une porte basse qu'il referma de suite après lui. Les gonds, rouillés par un long repos, poussèrent un grincement strident qui alla se répercuter d'étage en étage. Les escaliers, plongés dans l'obscurité, répandaient une moiteur froide et pénétrante. Notre héros escalada plus de trente marches, entra dans une vaste salle, humide et triste, à peine éclairée par un jour douteux, et s'affaissa plutôt qu'il ne s'assit, sur un siége. Il prit sa tête dans ses mains, comme pour se livrer à une méditation pénible, et demeura ainsi, pensif et abattu, pendant plusieurs heures.

. . . .

Onze coups graves et sonores, vibrant à l'horloge voisine, vinrent l'arracher à ses réflexions. Il se leva en sursaut comme un homme qui sort d'un profond sommeil, promena ses regards autour de lui, et frappé de l'obscurité qui l'entourait, il se dirigea machinalement du côté de sa fenêtre et l'entrouvrit.

La nuit était calme. Aucun nuage n'assombrissait la limpidité du ciel ; aucun bruit extérieur ne venait troubler la paisible solitude de ce lieu. Seuls, quelques oiseaux de nuit, cachés dans les vieux murs du cloitre de St-Trophime, se renvoyaient à longs intervalles leur note dolente et monotone. La lune dansait au bord des toits et lançait timidement à travers l'étroite fenêtre, un rayon furtif et mélancolique.

Guidé par sa pâle clarté, notre héros chercha quelques instants, à tâtons, dans un bahut, une liasse de papiers soigneusement conservés dans un portefeuille. Il revint s'asseoir près de la fenêtre, et là, dépliant une à une toutes ces

lettres, il les parcourut amoureusement jusqu'au bout, épelant chaque mot, chaque syllabe
et suppléant par ses souvenirs aux lignes presque effacées que l'obscurité de la nuit ne lui
permettait point de déchiffrer. Il savoura lon-
guement les tendres émotions de cette lecture;
il voulut contempler ensuite quelques reliques
d'amour, une boucle de cheveux, un médail-
lon, une croix d'or ; puis il replia le tout reli-
gieusement dans son portefeuille en laissant
échapper un soupir. Il éleva alors ses regards
vers le ciel où fuyaient dans l'azur quelques
étoiles filantes, et il se dit : ainsi ont fui les rêves de ma jeunesse. Nul maintenant sur la
terre n'est plus que moi dépourvu de joie et de
bonheur !

Et il retraça dans sa mémoire tous les éni-
vrants souvenirs du passé, et peu à peu, sous
l'influence de ces pensées, son front se rassé-
réna, le calme se fit dans son cœur, et il lui
sembla entrevoir, comme dans un rêve, deux
angéliques figures qui lui souriaient, et, dans
un murmure mystérieux qui vint bourdonner
à son oreille, il crut entendre ce mot : ESPÈRE !

IV.

Mais il serait nécessaire, croyons-nous, pour
l'intelligence de ce récit, de faire un retour sur
le passé, de remonter à dix-sept années et
d'esquisser en quelques lignes l'histoire et le
caractère de notre héros.

Armand (c'était son nom), était une de ces
âmes simples et candides qui savent conserver
jusques dans la vieillesse l'ingénuité de l'enfance, l'innocence des premiers jours. Sa na-

ture aimante et sensible, ouverte aux émotions vives et durables, avait fait de lui un de ces rares martyrs du cœur.

Orphelin de bonne heure, il avait grandi jusqu'à trente ans sous l'égide maternelle, ne soupçonnant rien au-delà de la modeste sphère dans laquelle il passait sa vie, n'ayant d'autre aspirations que celles d'un cœur satisfait par les joies d'un intérieur paisible, ne connaissant l'amour que par son affection et sa filiale tendresse pour sa mère.

Mais quand la mort, qui ne respecte aucune chaine, qui ne fait grâce à aucun sentiment, vint le priver de cet être chéri, il se trouva seul dans le monde, isolé parmi ses semblables, qu'il n'avait jamais connus ni fréquentés. Le besoin d'attachement et d'amour, qui semblait inhérent à son caractère, dut se reporter alors vers un nouvel objet d'affection, de même que le lierre, quand la cognée du bûcheron a abattu le chêne qui lui servait d'appui, étend partout ses rameaux flexibles pour chercher un nouveau soutien.

En portant ses pas vers Bariol dont il aimait les sombres bosquets et les poétiques solitudes, il rencontra Juliane, dont le père, honnête laboureur, exploitait une ferme dans les environs. Juliane avait dix-huit ans; elle était belle de jeunesse, d'innocence et de candeur. Armand ne put la voir sans l'aimer. Il revenait chaque jour promener près de sa demeure, mais il lui fallut bien longtemps pour acquérir le courage de lui faire l'aveu de son amour.

C'était la première fois que Juliane entendait parler d'amour. Elle ne put résister aux élans de son cœur qui l'entraînaient vers le premier homme qui eût su éveiller en elle des sentiments encore ignorés. Elle engagea sa foi.

Mais Juliane était belle. En développant ses attraits, le temps l'embellit de nouveaux charmes. Armand souffrait avec impatience, avec jalousie, les poursuites assidues, continuelles de rivaux plus jeunes que lui, plus habiles et plus brillants. Il rongea longtemps son frein en silence, puis, un beau jour, ne pouvant résister aux tourments de son âme, ne croyant plus aux protestations de son amante, trompé par des calomnies et des apparences mensongères, il résolut d'oublier ses amours et de s'expatrier, pour mettre fin à ses peines.

Tous les pays de l'Europe lui parurent trop rapprochés de celle qu'il avait aimée ; il voulut mettre l'océan entre elle et lui, et c'est aux colonies qu'il alla chercher le repos. Mais la plaie était trop profonde, le mal trop invétéré pour pouvoir le guérir ainsi par l'éloignement.

Comme compensation à ses chagrins, la fortune sembla lui sourire. Il put réaliser en quelques années une somme assez ronde qui mettait désormais sa vie à l'abri du besoin.

Après dix-sept années d'absence, sentant l'approche de la vieillesse, et comprenant enfin que la nostalgie et l'amour sont deux maux qu'on ne guérit point, il songea à retourner dans sa patrie.

Sa première visite fut pour les lieux qu'il avait aimés ; quant aux amis, il n'y en avait laissé aucun, et ne pouvait songer à en retrouver.

Il se créa de nouvelles habitudes, se fit un genre de vie tout d'exclusion et d'isolement, et revint chaque jour à Bariol rêver à son affection encore vivace.

V.

Il y avait quinze jours à peine qu'il était re-
tourné dans le pays, quand il rencontra dans
la saulaie, Mariette, la fille de Juliane.

Cette première entrevue causa dans son esprit une impression profonde. Elle raviva cette
plaie toujours saignante, elle réveilla ces sentiments qui n'étaient qu'assoupis sous les glaces
de l'âge ; elle rajeunit le vieil homme en le
reportant par la pensée aux heureux souvenirs
de son aimante jeunesse.

Il versa des larmes amères sur la mort de
celle qu'il avait aimée. Puis, la réflexion vint
à son secours. Juliane laissait une fille ;
elle avait donc aimé un autre que lui, elle
avait pu s'attacher à un autre, lui engager ses
serments et sa foi... Ces idées lui donnaient
froid au cœur. Alors, dans un accès de jalousie amoureuse, il accusait son amante infidèle,
il maudissait son amour, il allait blasphémer
son nom...

Mais aussitôt le visage angélique de Mariette revenait à sa mémoire entouré de cette
auréole de poétique ressemblance et de tendres
souvenirs. Il étouffait ses sombres idées et se
retraçait avec volupté les grâces ingénues et la
douce beauté de la jeune fille. Il lui semblait
alors que son amour renaissait et revivait dans
la belle enfant, et il se laissait aller, comme
autrefois, à ces pensers d'amour qui enivrent.

Il retourna le lendemain à la saulaie ; il re-
trouva Mariette à la même place ; mais elle
n'était plus seule, cette fois ; elle avait amené
une de ses amies.

Armand éprouva en la voyant le même trouble , la même émotion que la veille. Il lui parla de Bariol , du vieux père Simon , de Juliane, et ce disant, il avait des larmes dans la voix. La jeune fille lui répondit d'un ton digne et plein de réserve. Elle avait compris ce qu'il y avait de noblesse et d'affection profonde dans la tristesse de cet inconnu ; elle avait presque soulevé ce voile mystérieux qui enveloppait sa douleur.

Armand revint chaque jour à l'oseraie. Il retrouvait Mariette avec son amie , et s'entretenait avec elles de longues heures, jusqu'à ce que le soleil , baissant à l'horizon , vint les avertir qu'il était temps de se séparer.

Il retrouvait son amour , ses émotions d'autrefois dans ces entretiens intimes. La jeune fille s'y prêtait avec une grâce enfantine. Avec cet esprit d'intuition qui semble germer dans le cœur des jeunes filles, elle avait deviné les sentiments de cet homme pour sa mère, et elle ne pouvait se défendre d'une certaine sympathie qui l'attirait vers lui.

Ce fut ainsi que s'écoula la première semaine.

Un matin, Armand se leva triste et soucieux.

Il n'avait pu fermer l'œil de toute la nuit.

Il avait une montagne d'ennuis sur le cœur. Pourquoi ? Il ne pouvait le dire.

La veille, il s'était attardé dans la compagnie de Mariette ; il s'était montré plus expansif, la jeune fille plus tendre. Il se demandait maintenant où cela pouvait aller. Ce sentiment qu'il n'osait s'avouer à lui-même, il l'avait presque avoué à la fille de Marguerite. Mariette avait rougi et baissé les yeux sans répondre... Pourrait-elle oublier jamais l'énorme disproportion d'âge qui régnait entr'eux ?

Armand résolut de n'y plus songer et chercha à se distraire. Il ne put y réussir, et,
quand vint l'heure accoutumée, ses pas le por-
tèrent, presque à son insu, à Bariol, sur les
bords du Rhône.

Comme le cœur lui battait violemment en
approchant de la saulaie ! Pour la première
fois il y était devancé.

La chèvre broutait les bourgeons sur la li-
sière de l'oseraie et bondissait en toute liberté,
traînant son attache après elle. D'un autre
côté, les éclats d'une gaîté franche et insou-
ciante, auxquels se trouvaient mêlées deux
voix bien connues, excitèrent la curiosité de
notre héros. Le contraste de cette joie et de sa
propre tristesse l'impressionna péniblement.
Il s'approcha doucement et sans bruit et prêta
l'oreille. Les jeunes filles devisaient entre elles,
tantôt riant aux éclats, tantôt causant à voix
basse :

— Ecoute, disait à Mariette la plus âgée
qu'on nommait Louise. Je suis certaine qu'il
t'en veut, il te l'a presque dit hier.

— Es-tu folle ! répondait Mariette d'un air
moitié candide et moitié fâché. Comment
peux-tu supposer...

— Je ne suppose rien, j'en suis sûre. Tu
n'as donc pas compris ce qu'il te disait ? Tu
n'as pas remarqué son air tout ébahi quand il
te regarde ? Et pourquoi viendrait-il ici chaque
jour depuis plus d'une semaine ?

— Mais, je te le répète, il a connu ma mère,
et prend plaisir à me voir. Il me dit que je lui
ressemble.

— Oui, il a connu ta mère... il l'a aimée
et il l'a laissée... J'ai bien compris cela à travers toutes les sornettes qu'il te débitait. Si tu
m'en croyais, Mariette, tu n'écouterais plus

cet homme et tu ne viendrais plus ici tant qu'il y serait.

— Mais il a l'air bien bon, bien honnête, pourtant ! Et puis, il est si vieux, il a peut-être cinquante ans !

—Raison de plus pour t'en méfier, Mariette. Ma mère me le dit souvent... Il ne faut pas se fier aux amoureux, ni aux vieux, ni aux jeunes. Il est des vieux qui content fleurette aux jeunes filles et qui, s'ils peuvent rencontrer une enfant naïve comme toi, ne respectent ni sa jeunesse, ni son innocence. Le connais-tu, seulement ? Pourquoi se cache-t-il de ton grand père et te défend-il de parler de lui dans la maison ?

— Tu as raison, dit Mariette. Je ne l'écouterai plus. Je vais chercher ma chèvre, et si tu le veux, nous retournerons chez nous.

Et la jeune fille appela sa chèvre qui, docile à la voix de sa maîtresse, accourut en bêlant.

Les deux jeunes filles s'éloignèrent.

Armand les suivit de l'œil aussi longtemps que les verts buissons et les sinuosités du chemin purent le lui permettre. Puis, ne résistant plus aux sanglots qui l'étouffaient, il s'abandonna tout entier à sa douleur et versa des torrents de larmes. Cet entretien qu'il avait surpris avait déchiré son cœur et détruit d'un seul coup toutes ses illusions, tous ses rêves.

Quand on a cru renaître à l'espoir, à la vie, et qu'on s'est bercé, sans s'en rendre compte, dans des songes trop heureux, il en coûte de voir s'évanouir tout-à-coup la vision enchanteresse et disparaître à jamais le dernier rayon d'espérance.

Après un désenchantement, la jeunesse insoucieuse peut courir encore après d'autres rê-

ves. Mais, trompée dans ses illusions, la vieillesse plus positive n'a plus foi dans l'avenir.

C'est ainsi qu'aux jours heureux du printemps, souvent un soleil ardent vient succéder
à l'orage; mais aux jours pluvieux d'automne,
si l'horizon s'assombrit, si l'azur se voile, l'on
sent l'approche de l'hiver et l'on n'espère plus
les tièdes haleines du zéphyre.

Armand sentit du premier coup la grandeur
de sa perte. Il comprit qu'avec ses dernières
illusions s'envolait son dernier bonheur. Il
n'entrevit plus devant lui qu'une vieillesse
triste et isolée, dépourvue des joies ineffables
de la famille, des tendres épanchements de
l'intimité. Pour la deuxième fois il se sentit
seul au monde, seul dans cet univers qui, tout
à l'heure était si peuplé pour lui.

Il s'achemina vers sa demeure la mort dans
l'âme.

. . . .

A quelques jours de là, inquiets de ne plus
le revoir et de trouver constamment sa maison
fermée, ses voisins craignirent un accident ou
un malheur et pénétrèrent chez lui en enfon-
çant la porte. L'habitation était vide ! L'ameu-
blement et les linges se trouvaient intacts, dis-
posés même avec une certaine élégance. Quelques mots tracés au crayon, sur une simple
feuille de papier, en faisaient donation à Mariette.

Mais on ne put recueillir aucun indice, aucun renseignement sur notre héros, et nul ne
sait s'il existe encore.

23 mars 1866.

www.ingramcontent.com/pod-product-compliance
Lightning Source LLC
Chambersburg PA
CBHW061413170626
46811CB00005B/1982